간이 맞다

황금알 시인선 242
간이 맞다

초판발행일 | 2022년 3월 31일
2쇄 발행일 | 2022년 9월 21일

지은이 | 김민성
펴낸곳 | 도서출판 황금알
펴낸이 | 金永馥
주간 | 김영탁
편집실장 | 조경숙
표지디자인 | 칼라박스
주소 | 03088 서울시 종로구 이화장2길 29-3, 104호(동숭동)
전화 | 02)2275-9171
팩스 | 02)2275-9172
이메일 | tibet21@hanmail.net
홈페이지 | http://goldegg21.com
출판등록 | 2003년 03월 26일(제300-2003-230호)

간이 맞다

김민성 시조집

황금알

더 이상

미루었음을 후회하지 않아도 된다

그리하여, 오늘

참 기쁘다

차 례

2부 햇살 퍼진 마루 끝에 사람 냄새 배어난다

3부 안과 밖은 언제나 같은 선상

4부 강물은 햇살이 보낸 윤슬 한 벌 입는다

5부 시간의 문장 함께 쓴 친구처럼 당신처럼

1부

산다는 것은 서로 간을 맞추는 것

다만,

최선을 다했었다 엄동을 견뎌내며
기어코 존재 확인, 고 작은 틈 사이에
양지꽃
다만 웃을 뿐
환해진 건 너다

눈 때

눈대중을 읽어보라 눈때중 나온다

대충이나 건성에도 그 때가 묻어 있어

깐깐한 눈금보다도

탈이 없는 잣대다

간이 맞다

이 일은 손발이 잘 맞아야 하는 거여
막 끓어오르는 가마솥 분주하다
사십 년 마주한 눈빛 허공에서 마주친다

넘치지 말아야 해 장작불 숨 고르면
아차 순간 눌고 만다 주걱에 힘이 가고
엉겨서 단단한 그 삶 간이 잘 된 손두부다

잘 산다는 것은 서로 간을 맞추는 것
당기고 놓으면서 간격을 섬긴 후에
시간이 엉켜서 내는 그 너머의 맛이 된다

소금꽃 피다

하늬바람 불어오는 오후 두 시 소금밭에
그리운 듯 눈을 감고 두 귀 활짝 열어 보라
여섯 각 기둥이 서는 투명한 소리 있다

화씨 81도를 굽은 등에 받쳐 들고
노인이 꽃피우는 시간은 어디인가
저 바다 몸을 밀면서 뜨겁게 달아 있다

너를 찾는 겨운 일이 내 속에도 있어서
차디찬 눈물방울 붉은 피에 더하면
꽃 핀다, 절정의 순간 와싹와싹 꽃이 온다

부활
— 반구대 암각화의 봄

바위 속 고래들이
힘차게 뛰어오른다

사내가 어깨에 멘
흰 파도 춤을 추고

잠겼다
치솟는 선사
때로 햇볕 흥겹다

바위에 새겨놓은
비밀의 문양들이

다투어 고백하듯
낱낱이 선명하다

암각화
피는 봄 틈새
돌의 생명 부활한다

16

이름, 이름

낯설은 이름으로 초대장을 받았다
새로 개업하면서 개명을 하였다고
발걸음 내딛는 소리 팽팽하게 울린다

지천명을 앞두고도 자리 잡지 못한 것이
운명을 옭아매는 이것 때문이라고
스스로 발목 힘 빼고 고개마저 숙이더니

하루에도 몇 번씩 불러지는 이름은
주술처럼 새겨져 꽃받침이 된다며
그곳에 다 이른 듯이 꼿꼿한 등 환하다

불면의 논리

괜스런 조바심에 수척해진 나무는
불면의 그 이유를 논리학으로 접근한다
분명해, 에스프레소 검고 짙은 그 유혹

커피를 마시면 잠이 오지 않는다
저물 시간 즈음에 커피 한 잔 마셨다
그래서 불면인 거야, 삼단논법 정연하다

커피를 마시지 않은 오늘 밤은 숙면 들까
파르르 가지 끝을 살풋 내려 자는데
오류야 너의 논리는, 감잎 열병 앓는 밤

솔밭걸 일송*

한때는 그 일가가 숲을 이뤄 번창했다
솔밭걸로 불렸던 이름도 당당했다
영포리 알큰한 역사 나이테에 새기며

전설은 멀어지고 그늘은 웅크린다
병충해에 삭혀지고 태풍에 찢어지고
그보다 더 슬픈 것은 사라지는 사람 냄새

기다림은 언제나 홀로 남은 숙명이다
하루 몇 번 들고 나는 버스를 쓰다듬고
허기진 장기 소리를 꺼내 보는 한나절

* 경남 양산시 영포마을 일송

필사

이름자도 못 쓰는 일흔다섯 영동댁
아들네 가는 길은 틀린 적 한번 없다
버스도 우물거리는 신도시 새 길 위도

시계 볼 줄 몰라도 버스 시각 잘도 맞춰
참 신통한 할머니라 추어주는 추임새에
왜 몰라, 반문을 하며 창밖에 눈길 둔다

해가 이만큼 올라오고 나팔꽃잎 모양새며
돌감나무 그림자 길이도 재어보는
그것이 당신의 시계, 한평생 거듭 읽은

영동댁 눈에 드는 흐드러진 살구꽃
햇장 뜰 때 되었다는 말씀인 걸 알아낸다
인생은 위대한 필사, 여섯 감각 새겨 빚은

편견에 대하여

보이지 않은 공간 나가는 문 찾고 있다
동공을 확장시켜 눈을 크게 떠보지만
어둠만 또록거리고 눈빛 자꾸 헤맨다

본다는 것은 오직 눈을 통할 뿐이라고
세상 보는 열쇠는 눈조리개만 안다고
스스로 만든 틀에서 허공만 휘젓는다

더듬어 나간 촉수 문고리를 찾았다
뭉쳐진 편견 덩이 일순간 깨어지고
불빛이 펄떡거리며 편린을 쓸어낸다

겨울 폭포

벽 같은 가슴에도
그림 하나 숨어 있다

시공의 간극에 선
꼿꼿한 바람의 뼈

거슬러 오르는 꿈을
한 치 두 치 키웠다

서투르다

서투른 젓가락질 이마에 땀이 난다
깍두기와 햄 조각과 사투가 일어난다
마침내 올려진 월척 펄떡이는 환호성

서툴다는 것은 서두르다 나는 풋내
시간의 틈을 채워 삭혀야 하는 쓴맛
일곱 살 어린 뼈에도 새겨지는 속 끄덕임

땀을 내지 않은 시편 설익은 풋내난다
엉성한 자맥질에 수초마저 엉켜 든다
서둘다 놓친 시어들 담금 하는 한나절

고사리

어머니 과수원에는 고사리가 자란다
낙동강에 발을 적신
야트막한 언덕배기
물안개
제 몸 사리는
햇귀 도는 하늘가

장마, 고사리 장마 잎새달 물관 찬다
덩달아 바쁜 걸음
새벽이슬 훑으며
어머니
손끝에서 핀
고사리꽃 하얗다

고사리 앞에 서서 절 한 번 한 개 얻고
굽힌 허리 안쓰러워
그들도 맞절한다
돌아서
다시 그 자리

회향하는 화엄이다

햇볕 가득 마당은 고사리가 차지했다
말리고 잘 비벼서 유념을 반복하고
열반 든
고사리 보살
′그 몸이 경전이다

비상을 위한 칸타타
— 청사포 갈매기

청사포 바다에서 그들을 만났었다
무리무리 유유자적 권태로운 일상이다

날-아-라-
힘찬 칸타타
하늘에
금이
간다

.

2부

햇살 퍼진 마루 끝에 사람 냄새 배어난다

할미꽃 전언

눈에 띄는 외모쯤이야 아무려면 어떠랴
변치 않는 심지로 한 자리에 꿋꿋할 뿐
숙여서
보듬은 통점
누리를 증언하며

비수처럼 쑥덕이다 너덜 봄 지나간다
흰머리 풀어 헤쳐 낮달 타고 가는 시각
씁쓸한
관념쯤이야
화두처럼 두고간다

새벽 강

미간 사이 구불한 날 날숨이 많아진다
응절거리는 일상을 밑밥처럼 던져놓고
물음표 하나를 세워
방향타를 찾는다

무디어진 미늘이 둥근 파문 그려낸다
회색빛 굳은 적막 힘에 겨운 일순간
물기둥 일으킨 하늘 고요가 깨어진다

눅눅한 안개에 마디 젖은 새벽 관절
여명의 하늘 아래 우두둑 일어선다
푸른 강 햇귀 받으며
새순처럼 길을 열어

어떤 대화
— 늙은 감나무 그늘에서

사람들은 좋아하지 치장하고 의미 두고
바람 한 줄 이는 것도 이치를 따져 놓고
뭐든지 틀에 맞추어 나머지를 없게 하지

조상의 유전자로 그저 꽃잎 피우고
때가 되면 꽃 지우고 열매 맺을 뿐인데
내게도 문무 충효절 오덕 있다 추어주네

아서요 말아요 당치 않는 겸손이오
봄이나 여름이나 혹은 깊은 가을에도
그 그늘 아래 앉으면 생의 이전 품이라오

학자금 못 보냈던 아비의 속울음도
다음 한 끼 걱정하는 어미의 긴 한숨도
그 세월 아무 말 없이 다독여 준 당신이오

달이다

작년에 캐어 둔 바짝 마른 칡 한 줌
중탕기 안에서 제 몸 졸이는 한나절
시간이 거꾸로 가며
진한 묵언 읽어 낸다

떫거나 씁쓸하거나 톡 쏘는 매운 말도
잘 섞어 비벼서 은근히 달이다 보면
당신의 청매환처럼
다디단 약이 된다고

한 계절 창도 없는 저장고 구석 자리
가부좌 면벽 수행 다리가 시리더니
이윽고
해탈의 소리
천지가 진동한다

장마

서덜 도랑 개망초 제 키 한 뼘 웃자라고
바람꽃 거친 물에 숨이 찬 젖은 오후
진초록 멍이 든 산이 무너지듯 앉습니다

문틈에 빛 스미듯 반짝 뜬 나무말미
턱 고이던 원추리 화들짝 꽃잎 열고
물비늘 터는 빨랫줄 제 몸 먼저 말립니다

다시 천둥 몰아쳐서 흔들리는 나뭇잎
퉁퉁 불은 발목은 허방만 짚어대고
묻어진 푸른 그늘이 뱀 소리로 웁니다

황소의 깊은 눈 속 빗물이 고여 들고
노굿이 다시 일까 물끄러미 바라보는
아버지 누런 소매 끝 먹장구름 젓습니다

중심

깻잎 오이장아찌 장독 가득 담그는 날
무거운 장돌 하나 부적 삼아 누른다
간장물 깊이 배여라 뜨지 말라 경고다

바람 불면 흔들리던 내 열일곱이 그랬다
물푸레 휘추리처럼 아프게 휘어지다
우듬지 높은 곳부터 푸른 물이 들었다

홀로 흔들린다는 건 상처마다 눈물이지만
새살 돋는 깊이 있어 한 치 두 치 키가 컸다
영혼의 한 가운데에 나이테를 새기며

미간 사이 구불구불 길들이 늘어난다
엇갈린 시간 속에 흔들리며 잡은 중심
불혹의 돌멩이 안고 스스로 갈앉는다

석류

바람결 수런거리다 제풀에 빈혈났다
미적미적 손금 따라 끊어졌다 이어지고
굳은살 퍼런 얼룩이 옷섶마다 젖었다

진달래 댕기 날던 머리카락 바래고
가지 끝 삭은 웃음 이빨 하나 또 빠졌다
발자국 일흔을 넘긴 구름 밑동 시린데

햇살 퍼진 마루 끝에 사람 냄새 배어났다
뒤꿈치 닳은 신발 훌쩍 노을 밟고 서서
석류알 우물거리며 왠지 끝맛 달단다

운문사 은행나무

돌확에 담긴 구름 빗장
두 손 모아 풀어 열고
싸리비로 씻긴 마당
한 걸음 내디디면
입 다문 부처 얼굴은
귀만 열고 오란다

겁으로 지난 시간
잎사귀로 세어볼까
한 줄기 바람 일면
제가 먼저 휘날리어
흐르는 염불 소리를
재빠르게 줍는다.

시 든 맛

지리산 화개골에 시가 든 맛 있다기에
여린 봄볕 친구 삼아 홀연히 나서는 길
물빛이 부드러우니 바람색도 달큰하다

곡우 이전 차밭 고랑 손길이 분주하다
우전이다, 세작이다 세간 이름 그 뒤편엔
밀레의 저녁 종보다 더 경건한 허리 있다

움켜쥐던 욕정을 비비고 문지르고
숨어 있는 게으름도 다시 덖어 말리고
첫 물차
잘 시든 그 맛
키질 잘한 시詩맛이다

소나무 분재

제멋대로 자란 키는 가차 없이 잘린단다
하루에도 몇 번씩 번뜩이는 날 선 입
더 낮게 몸 웅크리고 나이테만 늘리라고

뒤틀린 껍질 위로 푸른 힘줄 꿈틀댄다
꾸역꾸역 물 먹인 햇살도 성급한지
우러러 눈길 머물면 옹이 하나 늘어나고

구겨진 뿌리들이 똬리 틀고 엉켜있다
거꾸로 박아 놓은 링거액에 취하기보다
차라리 절벽 위에서 솔바람을 안고 싶다

부처를 닮다

여섯 살 아이가 찰흙 반죽 갖고 논다
동그랗게 만든 얼굴 눈 코 입을 붙여놓고
모서리 꼭꼭 눌러서 각을 지워 버린다

이마에 맺힌 땀을 손등으로 문지르며
창틀에 세워 놓고 할머니와 닮았단다
까르르 웃는 이 사이 햇살이 들락인다

반쯤 든 햇볕에 반은 그늘지다가
두리뭉실 숙인 고개 다소곳이 퍼진 미소
동짓날 오전 열 한시 감실 부처 여기 있다

만어사 종석

너덜에 물고기가
떼를 지어 산다기에
종소리 푸덕거리는
비단 그물 펼쳤더니
후르르
새벽별 하나
비늘마저 떨린다

처마 끝 녹슨 하품
예불은 나 몰라라
턱 괴어 풍경 물고
산 노을을 부르는데
와르르
바다 무너져
승천하는 물고기

간월재 억새

가을꽃은 이미 졌고 이정표 숨 가쁘다
고개 넘는다는 것은
발끝에 힘주는 것
질기게
바투어 서서
주먹 불끈 쥐는 것

간월재 목 긴 억새 아직 허리 꼿꼿하다
발밑에 어린 새끼 홀로서기 할 때까지
버팀목
단단히 되자
바슬바슬 그 힘이다

호이센*

스물한 살 호이센 돌떡 챙겨 나선다
대문마다 무지개를 하나씩 배달하고
깊은 눈 깜빡거리며 연신 고개 숙인다

거목도 처음에는 어리고 약했다고
친정엄마 검은 손이 쥐어 주신 호이센
아리랑 언덕에 폈다 뿌리 곧게 내린다

베트남댁 호이센이 입 가득 젖 물린다
울멍줄멍 언덕에도 내비치는 햇살 있어
들은 귀 옹차게 열고 무지개를 걸고 있다

* 호이센: 베트남 국화인 연꽃을 이르는 말, 베트남 여자 이름에 많이 쓰인다.

3부

안과 밖은 언제나 같은 선상

조각 다포

조각도 두런두런
어울려 다져지면

각은 이미 물러져서
꽃이 피고 달이 뜬다

첫물차
가둔 조각보
한 땀 한 땀 네가 온다

어머니의 송편

마당 앞 대추나무 실한 열매 풍년이다
대문을 들고 나는 바람은 한가한데
아궁이
묵은 재 긁는
고무래가 바쁘다

언제나 그랬듯이 종종걸음 그림자
따다 놓은 솔잎이 채반에서 더 푸르다
가을볕
등에 쏟아져
마른 어깨 다독이는

기다림의 허기쯤은 이미 삭아 농익었다
중심을 바로 잡고 꼭꼭 다져 빚어내는
어머니
고졸한 송편
달이 먹고 배불렀다

선운사 꽃무릇

저마다 꽃물 같은
사연 하나 없을까

처마 끝 구월 바람
풍경이 흔들린다

은유로
태웠다 해도
골짜기에 고인
단애丹愛

국화차 연서

가을이 아니어도 빗물 옴쏙 괴는 날은
마른 가슴 한쪽에도 찻물은 팔팔 끓어
국화꽃 알싸한 향을 곱게 우려 놓습니다

지워지지 않는 시간 그 눈빛의 끄트머리
작은 잔에 동동 뜨던 노란 꽃송이 송이
오늘은 내가 피워서 그대에게 보냅니다

환생

저 꽃이 지고 나면 어디로 돌아가나
창백한 얼굴 위로 검은 피멍 번지고
사월은 깊은 그늘을 뚜벅뚜벅 밟고 간다

매정하게 뿌리치는 손끝에 핏물 든다
이승과 저승 사이 경계에서 묻어나는
꽃 눈물 진한 이유를 당신이 모른다 해도

방전된 꽃받침에 향기만 서성이고
물끄러미 바라보는 하늘 타는 길을 따라
누군가 인연을 열고 처음으로 돌아간다

임경대 일몰

검은 댓잎 찰박찰박 붉은 길을 닦는 시간
하루치 응어리가 발끝에서 구른다
벼랑 끝
흉터 자국이 잠시 꿈틀 숨 고르고

멀어지던 얼굴이 왜 지금 선명해지는지
안과 밖은 언제나 같은 선상이라는데
푸드득
찰나를 찍고 새는 강을 건넜다

사랑, 비밀

그해 여름 무화과는 참 달기도 했었다
뜨거운 눈빛으로 속속들이 익은 속살
흥건히
삭혀낸 꽃술
단내 피워 건넨 눈짓

새벽녘 멀뚱멀뚱 간밤 꿈을 읽고 있다
허공에 퍼진 행간 줄잡아 좁혀 놓고
선인장
가시 꽃 하나
품은 속이 아리다

별리

장미꽃 지는 날은 바람도 숨죽인다

바래질 수 없는 기도
하릑하릑 펼쳐내면

실금 간
가슴 어디쯤

탑 하나가 무너진다

만춘晩春

곁에 있던 강아지가 한순간 사라졌다
벙글대던 불두화 파랗게 질려 떨고
온 동네
발칵인 하루
모란이 지고 있다

단풍

내리지 않는 열이 목젖을 태우다가

까닭 없이 서러워 하루가 무거운 날

생채기

진물 자리도

저리 곱게 꽃피면

늦가을 호수

물 건너 양철 지붕 아래 웅크린 그녀 있다고
뒹구는 낙엽들의 술렁이는 소리가
수면 위
집 그림자를
흔들면서 지난다

제방 길 억센 잔디 발걸음을 삭힌다
만삭의 늦가을 몸 풀 준비에 들고
속없는
담쟁이넝쿨
얼굴 자꾸 붉힌다.

천천히 걷던 그림자 물속에서 멈추면
옅은 갈색 미소처럼 물무늬가 번지고
멀리서
찾는 목소리
초혼으로 들린다

능소화 지다

올해도 능소화가 담장을 휘감았다
열려있는 날 보다 닫힌 날이 많은 대문
가끔씩 들락거리는 길고양이 성난 암투

수척한 얼굴 따라 삐걱 문이 열린다
뻐꾸기도 깜박 조는 칠월 한낮 빈 골목 안
꽃 핀다 떨림도 없이 눈 감을 수 없는 사랑

월담

더 이상 접근 금지

지엄한 명령이야

잠시 한눈팔던 사이

찬란한 반란이다

기어이

담장을 넘은

산벚꽃 저 발칙한

낙화, 홍매

돌확에 빗물 고여
동그란 연못이다

때맞춰 지나가던
춘풍의 볼 간지럼
겨우내
감춰둔 연정
냅다 몸을 던진다

4부

강물은 햇살이 보낸 윤슬 한 벌 입는다

나이

통도사 무풍한송 그 숲에 들어서면
바람이 쌓아 놓은 겁의 시간 만난다
젖다가
터진 소리가
질긴띠로 길을 여는

가픈 들숨 몰아쉬다 내뱉으며 멈춘 자리
투덕투덕 진흙 발에 푸른 물이 배어난다
상처도
덧대어지면
껍질처럼 단단하고

회랑을 돌아 나온 눈썹 닮은 낮달이
먹은 나이 토로하는 노보살 따라간다
한나절
햇살 한 치가
껍질 위에 또 쌓이는

헛꽃, 수국

헛, 명사 앞에 붙어 쓸데없고 보람 없다는 뜻
헛걸음, 헛수고, 헛물켜다, 헛디디다
헛헛한 것들이 많아 허기지는 날들이다

고향 집 여름 마당 수국이 한창이다
때아닌 가마솥에 익모초 고는 한 낮
헛헛증 어미의 산달 젖꽃판이 아리다

헛이라도 때로는 헛 아닌 것 있다고
꽃 지면서 기꺼이 바다 눈이 되겠다는
탱탱한 꽃망울 아래 비밀이 숨어 있다

간이역
— 원동역에서

화단의 작은 돌들 까치발 세워 놓고
영산홍 붉은 등 켜도 기차는 스쳐 간다
그리워 걷던 발길이 역 앞에서 멈추는데

의자는 길게 눕고 벽시계 잠을 잔다
강굽이 돌아오는 기적이 먼저 와서
이따금 키 큰 맨드라미 오수를 깨운다

만남과 헤어짐은 늘 같은 길 위려니
간이역 귀를 열고 여기 가만 서 있다
마지막 상행선 열차 서지 않고 떠나는데

응시

초여름 가뭄에
바싹 몸이 마른 도랑

줄다람쥐 한 마리
물 눈금 읽고 있다

천수답
박씨 눈빛이
겹쳐 놓여 탑이 됐다

인연

산문을 열고 드니 대불이 길 막는다
설악의 깊은 눈매 절로 고개 조아리고
무엇을 얻으려는가, 나는 그만 눈을 감네

천년이 지나가도 할 수 없는 말이 있어
눈빛조차 볼 수 없는 이승의 이 인연은
저 바위 모래가 되면 붉은 속내 읽어낼까

움켜쥔 두 손은 펼쳐보면 허공인데
발끝에 내려놓고 회랑을 돌아오면
설악산 푸른 바람이 석등에 불 밝힌다

연蓮 그리고 연連

곰삭은 암자의 장맛 오롯이 담겨 있는
질그릇 연향 따라 길 하나가 열립니다
그림자 비켜 따르며 손 모으는 순한 낮달

죽비로도 못깨치는 오탁한 불통의 늪
행간의 여백 사이 맑은 물이 고입니다
꼿꼿한 화엄의 말씀 기도처럼 환한 시간

겹으로 가는 길은 겹에 또 겹을 놓고
연으로 연을 쌓아 마침내 연이 되는
화중련 겹 열리는 날 또 한 겹이 쌓입니다

가을에 쓰는 대답

잘 익은 가을 대추 무슨 색을 띱니까
전화기 메시지 속 뜬금없는 질문에
글쎄요, 답 거리 찾아 구름을 휘젓는다

머리카락 희끗한 중년 넘은 사내가
바바리 깃을 두고 무색한 신경전에
아직도 꿈틀거리는 손톱 밑에 퍼진 핏빛,

돌아서는 것보다 차라리 앙다물면
첫맛은 씁쓸해도 끝맛은 옹골 지는
바람물
짙게 배인 색,
대답처럼 쓰고 있다

어머니의 찔레꽃

찔레꽃이 피었단다
하얗게 잘 폈단다
장미가 봉곳하고 뻐꾸기가 입을 떼고
찔레꽃
하얀 꽃잎이
소담스러울 때 되었지

찔레꽃이 피었는데 가마솥이 뜨겁다
얼거미* 고운 체 손때 묻은 나뭇발
작약이 갸웃거리다 이마 데어 붉어졌다

정월 장 담가 놓은 장독 뚜껑 열렸다
달큰한 장물 위로 하얀 꽃이 만발이다
어머니
장 다리는 날
찔레꽃이 내게 왔다

* 얼레미의 경상도 토속어

딸에게
— 지현이 결혼식에서

받아 놓은 날들은 번개같이 온다더니
하루해 가는 걸음 뜀박질을 해 댄다
강산이 세 번 바뀌고
너는 날개 다시 편다

지나가던 행인의 짐에 찔린 첫 상처
줄넘기 폴짝이며 깔깔대던 갈래머리
어엿이 제 몫 다하는 단단한 작은 어깨

품 안의 자식이고 길 찾으면 간다는데
미적미적 기대었던 맏딸 자리 작은 손목
이제는
놓아야 한다 너를 여읠 시간이다

다가올 일들이 두려울 때 있거든
심호흡 한 번 하고
너를 믿고
기억하렴
언제나 네 편이란다

여태껏 그랬듯이

눈부신 네 모습이 더 찬란한 오늘이다
꽃길을 찾지 말고 꽃길을 만들어라
맞잡은
그 손이 이제
도반이고 힘이다

'청춘' 새기다
— 구봉스님 서각 '청춘'에 부쳐

소재는 오랜 절간 툇마루 한 짝이라고
각을 새긴 작가의 설명이 심상찮다
거칠어
투박한 것이
옹이마저 박혀있다

한때는 혈관 속에 푸른 물 찰랑이었을
튼실한 열매도 자랑처럼 달렸었을
등성이
한 자리 잡고
호령도 해봤었을

지나간다는 것에 두려움 없어질 즈음
굳어진 각질이 새살보다 말랑하다
솔바람
이는 결 위로
살아났다
청춘

선희 언니

기억을 짚어대며 그녀가 내게 왔다
뜬금없는 전화지만 어제도 만난 듯이
칼칼한 목소리 너머 추억을 소환한다

상투적인 인사쯤은 교정 부호 돼지 꼬리
약관의 마디마디 툭툭 튀며 짙푸르다
코로나 소나기에도 무지개로 오는 그녀

신흥사 배롱나무*

열나흘 달빛 푸른 대웅전 거닐다가
선문답 풀어내는 배롱나무 보았다
켜켜이
버려진 껍질
뽀얀 속살 드러나는

둔해진 촉감에도 쏟아지는 죽비소리
허물 벗는 가지마다 수만 송이 꽃이 피면
하얗게
목어가 뱉은
배롱나무 속뼈다

* 경남 양산시 원동면 영포리 소재

차를 우리다

새벽과 아침, 그 경계는 어디인가
한결같은 그녀의 곡진한 붉은 의식
다관에 찻물 올리고 허리 꼿꼿 세운다

한갓지지 못한 날은 녹차 맛도 짜다는데
두 손으로 받친 숙우 간밤 꿈이 소용돈다
진풍탑 가운데 세워 풍랑을 잠재우는

이월
— 강가에서

허기진 물새가 엷은 햇볕 쪼아댄다
아린 맛 덧난 상처 말끔히 비워내도
강기슭 좁은 보리밭 모서리가 시리다

새침한 이월 바람 얄밉게 눈 흘기다
꽁꽁 싸맨 옷고름 슬며시 풀어내고
강물은 햇살이 보낸 윤슬 한 벌 입는다

묵은 군내 가려움에 움찔, 몸을 떨다가
쩌억 쩍 껍질 벗어 미련마저 털어 낸다
버들목 휘휘 돌면서 물길 새로 깊어지는

강천산 단풍 와유臥遊

단풍잎은 환장하게 붉은 물이 들었고
계곡은 단풍물 들어 더 붉게 흐르더이다,
강천산 다녀온 길에 보내주신 사진 두 점

마구 쏟아지는 햇살 잎맥이 파닥인다
무심히 이는 파문 그 내력을 읽는 바람
그늘도 단향 머금어 속살이 드러난다

얄팍하다와 야박하다는 삶의 동의어이다
조바심에 숨이 가빠 마음 두지 못한 오늘
쟁여진 고삐를 풀고 단풍 문신 새겨본다

5부

시간의 문장 함께 쓴 친구처럼 당신처럼

봄비는 무죄다

오늘처럼 비가 오면 되지 않게 반죽하여
수제비 얇게 뜯어 애호박 감자 넣고
후루룩 맑은장국을 땀 훔치며 먹고 싶다

삼월에 이른 꽃잎 피다가 떨어져도
지금 저 창 너머 굵은 손금 잇고 있는
맨발의 순결한 몸짓 봄비는 무죄다

오늘같이 젖는 날은 손 수제비 반죽하듯
둥글둥글 모가 없이 자음 모음 잘 치대어
순한 시 한 그릇 끓여 후루룩 먹고 싶다

닮은 맛

때아닌 감기몸살 뼛속 진액 달군다
끈끈한 땀방울이 식욕마저 앗아 가면
온종일 타는 입술은 허기진 갈증이다

퇴근길 친구 손에 들려 있는 천도복숭
그을린 얼굴에는 힘든 하루 묻어 있다
먹어야 기운 차리지, 땀내보다 찐득하다

불현듯 떠오르는 닮은 꼴 장면 하나
중섭이 구상에게 내밀었던 그림 한 점
못 고칠 병이 없다며 던지고 간 짠한 그 맛

여름, 2018

분명하다, 국밥 솜씨 좋은 강나루 김해댁
쩔쩔 끓는 가마솥 국밥 퍼 나를 때
삼복날
중천에 오른
해도 같이 토렴한 것

솔잎차 마시며

꽃잎도 아닌 유혹에 향기로 잔을 들다
촘촘한 솔방울 겹겹이 핀 연꽃인가
가시눈 찔린 햇살로 천년 사는 솔바람

청설모 흔들고 간 이파리 속이 쓰다
눈도 껌벅이지 않고 토라진 해 바라보고
솔잎차 한입 물려다 꽃샘바람 비운다

매화마을, 원동

토곡산 계곡 깊어 봄바람 질투한다
낙동강 엿보다가 매화꽃술 출렁이면
떠난 이 안부 여쭙는 매향이 질퍽하다

원동 매화 탐이 나도 향기는 팔 수 없다
산까치 휘파람에 산골 아침 분주하고
떠돌이 속울음 벗는 귀향 발길 가볍다

신흥사 대숲에서 귀를 헹군 맑은 바람
배냇골 물레방아 퍼 올리는 아지랑이
촉촉이 젖은 풍경에 눈망울도 영근다

너럭바위 넘어서면 매화 송이 또 터지고
꽃잎 찾은 걸음 따라 파란 하늘 열리더니
청매실 맺히는 날은 봄빛마저 환하다

달이 지다

아물지 못할 상처 그녀의 꽃이 진다
돌아갈 길을 찾다 솔가지에 찔린 두 눈
갈바람 시린 무릎을 오도카니 감싼다

초서로 걸어 온 길 검은 먹물 배어난다
발끝에 닿은 절벽 부르르 눈썹 떨다
팽팽한 분노 하나쯤 몰래 꿀꺽 삼키고

손금에 숨은 기억 맨발로 더듬는다
깨물은 입술 사이 새어 나는 젖은 바람
지천명 하늘을 이고 그녀의 달이 진다

청사포

청사포 푸른 모래
한 줌 가득 잡아채어

늑골 밑 뭉친 말들
펼쳐 놓고 문지르면

향유재
찻물은 끓어
응어리를 풀라 한다

신문

죽기 위해 태어난 하루살이 생이다
할퀴는 눈빛에 자근자근 씹는 입술
다투어 터지는 통점
꼬깃꼬깃 주름진다

여배우 붉은 입술 붉은 면발 물려있다
존엄한 얼굴이 작업복 엉덩이 받드는 풍경
부시럭 지나던 바람
슬몃 웃고 달아난다

혼이 빠진 몸뚱이는 가차 없는 퇴출이다
유효기간 24시간은 길어진 도돌이표
일회용 세상만사가
또 한 획을 긋는다

11월

약국 앞 버스 정류장 짙은 그늘 사라졌다
숨어 있던 거친 옹이 정맥처럼 드러난다
선명한 태 한 줄 긋고 엷은 해를 줍는 시간

몸속에 박혀 있던 오독한 문장들이
마른 소리 내면서 심장을 탈출한다
지긋이 두 발을 모아 하늘 끝을 잡아 보고

주문처럼 되뇌고 바닥까지 허리 굽혀
세상에서 가장 착한 인사를 하고 있다
설산의 사람들처럼 나마스테, 나마스테

난간에 대하여

산세베리아 화분에 나팔꽃 싹이 튼다
나팔꽃 줄기가 산세베리아 잎 감는다
지주대 하나 세워서 길 안내를 하였다

방향 바꾼 나팔꽃 쑥쑥 몸을 키운다
둥글게 벙근 미소 수줍은 첫인사다
곁붙이 피어난 꽃이 여름 내내 환하다

기대어 오를 벽은 너에게도 필요하다
얽매임 없는 자유 불안한 허공이다
절박한 순간에 내민 그 손이 난간이다

신전리 이팝나무

나이도 이만하면 소문에는 둔감하다
보고 들은 그 일들도 결 사이에 쟁여두면
어느새 곰삭은 입김 바람 편에 흩어낸다

보릿고개 살아 나온 신전리 양씨 어른
여물지 않은 보리 원망처럼 짙푸른 날
올배기 다섯 살 딸을 이팝꽃에 묻던 일도

인사동의 달

꾸부정한 골목 안에 마른 바람 푸석인다
할머니 오른쪽 손 할아버지 왼쪽 손
두 손목 수건에 묶고 엇박자 해가 간다

그림자도 바랜 백발 좌판 앞에 쪼그린다
대추나무 얼레빗을 머리에다 꽂으면
치매 든 그 눈빛에도 초야의 달이 뜬다

흔적은 힘이 세다
— kbs 1박 2일 고 김주혁 특집을 보며

경남 양산시 영포마을 돌담 황토집
그들이 다녀가고 벽에 새긴 흔적 사인
시골집 낮은 흙벽은 괜스레 으스댔다

지상에서 스타가 천상의 별이 된 후
짧았던 인연에도 쓸쓸함의 폭은 깊어
목례로 눈이 또 가는 아스름한 황토벽면

든 자리는 몰라도 난 자리는 알아서
스쳐 갔던 시공간이 두런두런 소환된다
김.주.혁. 눌러 쓴 사인, 그의 흔적 힘이 세다

오래된 것에 대한 사유

유효기간 한참 지난 지갑에 대하여
바꿔요, 바꾸라고 내가 나를 채근하지만
낡아서 따뜻한 것은 함부로 할 수 없다

방 한쪽 손재봉틀 달달달 아픈 소리도
열 번쯤 읽고 읽어 내용을 외는 헌책도
이제는 같은 색깔의 익숙한 은유이다

지갑의 네 모서리 둥글게 닳았다는 것은
뼛속까지 다 아는 한 몸이 되었다는 것
애증이 우리를 묶어 하나가 되었다는 것

몰래 감춘 일기장 같은 내 불혹의 내력이
지갑의 바닥까지 빼곡하게 살아있다
시간의 문장 함께 쓴 친구처럼 당신처럼

기억의 파동이 구현해내는
자기 귀환의 정형 미학
― 김민성의 첫 시조집

유 성 호(문학평론가 · 한양대학교 국문과 교수)

1. 남다른 기억으로 간직해가는 꿈의 세계

　김민성의 첫 시조집은 삶에 대한 온정과 격정을 균형적으로 담고 있는 정형 미학의 오롯한 산물이다. 그는 삶과 사물이 그려내는 고유한 기억의 파동을 통해 수직적으로는 자신의 기원起源을 발견하고 수평적으로는 자신의 존재 방식을 규율하는 타자들과 소통해간다. 그러한 발견과 소통 과정은 잠정적이거나 한시적인 것이 아니라 삶이 지속되는 동안 필연적으로 이어져갈 일종의 존재조건으로 승화하고 있다. 이번 첫 시조집은 그러한 사유와 방법을 통해 시조시단에서 돌올하게 빛날 참신한 언어적 의장意匠을 견고하게 갖추고 있다고 말할 수 있을 것이다.

　시조를 포함한 모든 서정양식은 현실과 꿈을 때로는

결속하고 때로는 분리하면서 씌어지게 마련이다. 현실과 꿈 어느 한쪽으로 치우치지 않고 그사이의 아스라한 긴장 속에서 삶의 복합성을 반영하게 되니까 말이다. 김민성의 시조는 현실을 사실적으로 드러내면서도 그것을 치유하거나 넘어설 수 있는 꿈의 세계를 예비하여 현실과 꿈의 접점을 풍요롭게 언표한다. 우리는 그 꿈이야말로 폐허의 세계를 치유하고 회복하면서 새로운 상상력을 추구해가게끔 해주는 필연적 형질이라고 생각하게 된다.

　이처럼 김민성의 시조는 남다른 기억의 힘으로 지난날을 낱낱이 재현하면서 그 시간을 항구적으로 간직하려는 꿈의 세계에서 발원하고 완성되는 언어예술이다. 한 영혼의 온전한 기억을 기록해온 서정양식으로서의 시조가 독자적 빛을 발하는 순간이 아닐 수 없다. 이때 그의 시조는 일관된 합리성에 의해 일사불란하게 구축되는 선험적 질서가 아니라 이성이 그어놓은 표지標識들을 재구성하면서 상상해낸 상징적 질서에 의해 스스로를 증명하게 된다. 이제 그 세계 안으로 한 걸음씩 들어가 보도록 하자.

2. 단시조 미학에 비친 직립의 결기와 치유의 언어

　그동안 시조라는 양식은 정형의 한계와 가능성을 동시

에 감안하면서 특유의 절제와 균형의 미학을 구현해왔
다. 하지만 근자 들어 율격적 구속을 최대한 허물면서
다양한 확장을 꾀하는 작품도 적지 않게 씌어지고 있다
는 점에서 그 굳건했던 형식도 변화의 와중에 놓이게 되
었다. 그만큼 시조는 정형의 결속과 해체 그리고 전통
정서의 확인과 현대성의 흡입이라는 상호 모순된 요구
사이에서 길항하게 된 것이다. 그럼에도 우리는 자유시
와 변별되는 시조만의 형상과 논리logic를 구축해야 한다
는 정언과 운명적으로 마주침으로써 '시조성'이라는 메
타적 과제에 직면하게 된다. 김민성 시인은 그러한 과제
를 실존적으로 감당하면서 자신만의 정형 미학을 차근
차근 펼쳐간다. 그 고갱이가 되는 단시조 미학을 먼저
들여다보도록 하자.

벽 같은 가슴에도
그림 하나 숨어 있다

시공의 간극에 선
꼿꼿한 바람의 뼈

거슬러 오르는 꿈을
한 치 두 치 키웠다

—「겨울 폭포」 전문

청사포 푸른 모래
한 줌 가득 잡아채어

늑골 밑 뭉친 말들
펼쳐 놓고 문지르면

향유재
찻물은 끓어
응어리를 풀라 한다

　　　　　　　　　　　　　―「청사포」 전문

　시인은 '겨울 폭포'의 장관 안에 숨어 있는 "그림 하나"
를 상상해본다. 그것은 "시공의 간극에 선/ 꼿꼿한 바람
의 뼈" 같은 입상立像으로서, 역동적으로 거슬러 오르는
꿈을 키워온 시간과 등가적 형상을 하고 있다. 겨울 폭
포의 맵고도 세찬 수직의 결빙을 감각적 청신함으로 살
려낸 가편佳篇이라고 할 수 있을 것이다. 다음 시편에서
시인은 '청사포'의 풍경에 스스로의 마음을 투사投射하면
서 "늑골 밑 뭉친 말들/ 펼쳐 놓고 문지르면" 하는 소망
을 내비치고 있다. 청사포 푸른 모래에 실린 그 '말들'이
야말로 '시인 김민성'의 내면 언어요 "응어리를 풀라"고
하는 신성한 목소리이기도 할 것이다. 이처럼 자연 사물
을 대상으로 삼아 직립의 결기와 치유의 언어를 건네주
는 시인의 품과 격이 크고 깊게 다가온다. 이는 "푸른 강

햇귀 받으며/ 새순처럼 길을 열어"(「새벽 강」)갈 때 비로
소 "시간의 문장 함께 쓴 친구처럼"(「오래된 것에 대한 사
유」) 사물에 자신을 함입시키는 은유 작용에서 온 효과라
고 할 수 있을 것이다.

두루 알다시피, 불가적 사유에서 보면 합리적으로 대
별되는 모든 사물이나 개념은 개별적 존재[不一]이자 궁극
적으로 동일한 존재[不二]라는 역설을 성립시킨다. 그 기
저基底에는 모든 대립적 요소를 궁극적으로 통합하고 그
것을 자신의 언어로 이월하려는 원천적 사유가 흔연하
게 개입해 있다. '이언설상離言說相'이라 했거니와 말과 대
상의 불일치를 승인하면서도 아름다운 역리逆理를 통해
가닿는 이러한 실존적이고도 심미적인 깨달음의 과정을
김민성 시인은 '겨울 폭포'와 '청사포 모래'를 통해 아름
답게 보여준다. 그때 사물의 "안과 밖은 언제나 같은 선
상"(「임경대 일몰」)에 있게 되는 것이다.

3. 원초적 감각을 구축해가는 언어적 지경地境

다음으로 우리는 김민성의 시조가 삶과 감각을 연결시
키는 장면을 여러 차례 만나게 된다. 사실 사물과의 화
응和應에 가장 중요한 것은 시인이 가지는 남다른 감각의
너비와 깊이일 것이다. 우리의 근대사는 우리로 하여금
몸 안팎의 폐허를 너무도 선명하게 경험하게끔 하였는

데, 이는 성장주의와 물신숭배가 우리로 하여금 빠르고 새로운 것만을 찾아다니며 느리고 오랜 감각을 상실하게 했기 때문이다. 오래 쌓여온 시간의 너비와 깊이를 헤아리지 못하고 속도와 효율성만을 중요시했기 때문일 것이다. 그래서 우리는 그 너비와 깊이를 탈환하기 위해 사물의 본질에 참여하면서도 인간의 궁극적 관심을 암시하는 탁월한 감각을 요청받게 된다. 김민성 시인은 수묵처럼 번져가는 언어를 통해 이러한 과제를 하나하나 수행해감으로써 감각의 사제司祭로 거듭나고 있다. 특히 시인이 구축해가는 감각의 성城에는 원초적 감각인 미각과 후각이 단연 우세한 계열체를 만들어가고 있다.

이 일은 손발이 맞아야 하는 거여
막 끓어오르는 가마솥이 분주하다
사십 년 마주한 눈빛 허공에서 마주친다

넘치지 말아야 해 장작불이 숨 고르면
아차 순간 눌고 만다 주걱에 힘이 가고
엉겨서 단단한 그 삶 간이 잘 된 손두부다

잘 산다는 것은 서로 간間을 맞추는 것
당기고 놓으면서 그 간격을 섬긴 후에
시간이 엉켜서 내는 그 너머의 맛이 된다
　　　　　　　　　　　　　　―「간이 맞다」 전문

우리의 구체적 경험 속에 남아 있는 "간이 맞다"라는 말은 요리한 음식에서 짠맛의 정도가 매우 알맞다는 뜻을 품고 있다. 음식의 간을 맞추려면 끓어오르는 가마솥과 사십 년 마주한 눈빛이 "손발이 맞아야 하는" 것이고 장작불도 잘 다스려 넘치지 않아야 한다고 시인은 말한다. 이어 시인은 단단한 삶과 "간이 잘 된 손두부"를 등가로 놓으면서 "잘 산다는 것은 서로 간⁅間⁆을 맞추는 것"이라는 멋진 아포리즘을 남겨놓는다. 이제 '간'이란 '간격' 혹은 '사이'로 의미가 변이되면서 "시간이 엉켜서 내는 그 너머의 맛"으로 번져간다. 때로 "이승과 저승 사이 경계에서"(「환생」) 일어날 수도 있고 때로 "바람이 쌓아놓은 겁의 시간"(「나이」)에서도 들려올 수 있는 이러한 '간격'의 미학이야말로 김민성 시조의 뛰어난 차원이요, 그 안에 담긴 음식 관련 경험은 원초적인 감각을 통해 삶을 규율하고 암시하는 중중한 작법이라고 할 수 있을 것이다. 다음은 어떠한가.

작년에 캐어둔 바짝 마른 칡 한 줌
중탕기 안에서 제 몸 졸이는 한나절
시간이 거꾸로 가며
진한 묵언 읽어 낸다

떫거나 쑥쓸하거나 톡 쏘는 매운 말도
잘 섞어 비벼서 은근히 달이다 보면

당신의 청매환처럼
다디단 약이 된다고

한 계절 창도 없는 저장고 구석 자리
가부좌 면벽 수행 다리가 시리더니
이윽고
해탈의 소리
천지가 진동한다

—「달이다」 전문

'달이다'라는 동사는 물에 넣고 끓여 우러나오게 한다
는 뜻을 품고 있다. 무언가를 달이면 그 향기가 진하고
강렬하게 진동하는 경우가 많지 않은가. 시인은 "작년에
캐어둔 바짝 마른 칡 한 줌"을 중탕기 안에 달이는 동안
그 안에서 "진한 묵언"을 읽어내고 있다. 이때 들려오는
'묵언默言'이란 떫거나 씁쓸하거나 매운 말을 달여 청매약
보다 다디단 약으로 바꾸어내는 속삭임이다. 말하자면
'달임'을 통해 '말'은 '약藥'이 되고 "해탈의 소리"로 이어
져간다. 미각과 후각과 청각이 온전한 화음和音을 이루면
서 "천년이 지나가도 할 수 없는 말"(「인연」)을 들려주고
있고 "저마다 꽃물 같은/ 사연"(「선운사 꽃무릇」)을 낱낱이
전해주고 있는 시편이라 할 것이다.
이처럼 사물 안에 인화된 원초적 감각에 예민하게 반
응하고 그것을 기록해가는 과정에서 김민성의 시조는

아름다움과 절실함을 얻어간다. 이러한 원리는 사물 자체가 스스로를 드러내는 방식이기도 하고 시인과 사물의 관계가 그리움의 힘으로 결합하는 형식이기도 하다. 절실한 기억 안에 사물과 감각이 어울리는 순간을 끌어들이는 김민성 시조는 그렇게 삶에 필연적으로 개입하는 그리움의 순간을 불러온다. 여기서 우리는 시조 고유의 양식적 본령을 견지하면서 이러한 미학을 구현해가는 '시인 김민성'의 역량이 미래 지향적 비전으로 가득하다고 말할 수 있다. 그만큼 그의 시조는 삶의 보편적 이치를 담아내는 그릇 역할을 담당하면서, 그 안에 원초적 감각을 확연하게 구축해가는 밀도 있는 언어적 지경地境을 보여준다 할 것이다. 그의 시조가 감각의 구체성과 활달함을 가지고 있음을 웅변적으로 보여주는 대목이 아닐 수 없다.

4. 존재의 근원을 되살피는 서정의 원리

모든 기억이나 회상은 과거의 삶에 대한 낱낱의 재생원리가 아니라 '지금 여기'를 살아가는 이의 현재적 욕망에 의해 선택되고 구성되는 동일성 원리로 나타난다. 과거를 향한 충실한 회상조차 사실은 회상 주체의 현재적 욕망과 닮아 있게 되니까 말이다. 김민성의 시조는 세상이 살 만한 것이라는 사실을 근원적 터치로 보여줌으로

써 기억을 통한 위안과 치유의 시학을 구현해가는 독특한 세계이다. 그럼으로써 그는 시간의 무게를 견디면서 우리로 하여금 선명한 기억을 부조浮彫하게끔 도와준다. 김민성의 시조는 그렇게 존재의 근원을 되살피는 서정의 원리에 의해 펼쳐진 세계라 할 것이다.

> 화단의 작은 돌들 까치발 세워 놓고
> 영산홍 붉은 등 켜도 기차는 스쳐 간다
> 그리워 걷던 발길이 역 앞에서 멈추는데
>
> 의자는 길게 눕고 벽시계 잠을 잔다
> 강굽이 돌아오는 기적이 먼저 와서
> 이따금 키 큰 맨드라미 오수를 깨운다
>
> 만남과 헤어짐은 늘 같은 길 위려니
> 간이역 귀를 열고 여기 가만 서 있다
> 마지막 상행선 열차 서지 않고 떠나는데
>
> ―「간이역」 전문

시인의 시선은 간이역처럼 한적하고 고요한 시공간을 상징적으로 배치한다. 화단에는 작은 돌멩이들이 까치발을 세우고 영산홍이 붉게 피어 있다. 그러나 기차는 이러한 공간을 비켜 지나간다. 그리움의 발길이 역 앞에 머물기도 하지만 의자나 시계도 한적하게 기울어가고, 강굽이 돌아오는 기적이 희미하게 도착하여 맨드라미를

깨우고 있을 뿐이다. 그렇게 "만남과 헤어짐은 늘 같은 길 위"에 있는 셈이다. 그러한 생의 질서를 지금도 간이역은 귀를 열고 듣고 있을 것이다. 이처럼 간이역은 "짧았던 인연에도 쓸쓸함의 폭은 깊어"(「흔적은 힘이 세다」)진 시간을 증언하면서 "그리운 듯 눈을 감고 두 귀 활짝 열어"(「소금꽃 피다」)간다. 아슴하고 융융하기만 하다.

　　돌확에 담긴 구름 빗장
　　두 손 모아 풀어 열고
　　싸리비로 씻긴 마당
　　한 걸음 내디디면
　　입 다문 부처 얼굴은
　　귀만 열고 오란다.

　　겹으로 지난 시간
　　잎사귀로 세어볼까
　　한 줄기 바람 일면
　　제가 먼저 휘날리어
　　흐르는 염불 소리를
　　재빠르게 줍는다.
　　　　　　　　　　　　―「운문사 은행나무」 전문

　'운문사 은행나무' 또한 간이역처럼 잔잔하고 고요한 모습으로 오랜 시간을 품고 있다. "우러러 눈길 머물면 옹이 하나"(「소나무 분재」) 늘어날 은행나무는 "싸리비로 씻긴 마당"을 내려다보면서 귀만 열고 오라는 "부처 얼굴"을 환하게 비추어준다. 겁으로 지난 시간을 견뎌온 은행나무는 바람에 스스로 휘날리면서 "흐르는 염불 소리"를 줍는다. 그렇게 사찰 고목에는 세월의 각인과 함께 "거칠어/ 투박한 것이/ 옹이마저 박혀"(「'청춘' 새기다」) 있고 "무심히 이는 파문 그 내력을 읽는 바람"(「강천산 단풍 와유臥遊」)도 왔다 간다. 그 "거목도 처음에는 어리고"(「호이센」) 약했겠지만 이제 이렇게 거대한 그늘로 존재함으로써 뭇 존재자들의 근원처럼 넉넉하게 서 있다. 존재의 근원을 함의하는 꿋꿋함과 오램이 그러한 질서를 묵수墨守하게끔 해준 것이다.

이처럼 김민성 시인은 지나온 시간의 깊은 심연을 회상함으로써 시간이야말로 가장 중요한 서정시의 존재론적 기반임을 노래한다. 시인은 시간의 움직임을 통해 생의 '다른 목소리the other voice'를 들으면서 자신의 존재전환을 상상하고 있는 것이다. 그러한 목소리로 존재에 대한 확인과 성찰의 이중 작업을 수행해가는 시인은 이러한 경험을 지속적으로 변형해가면서 자신만의 자기동일성을 점진적으로 이루어가고 있다. 호기심과 두려움이 공존하면서 형성된 그 경험이야말로 시인의 삶에서 끊임없이 재현되고 사라지고 다시 나타나는 과정을 반복하고 있는 것이다. 김민성 시인은 이러한 방식으로 존재의 근원을 아득하게 재생하고 있다 할 것이다.

5. 역사와 타자로의 언어적 확장

　마지막으로 우리는 김민성 시인의 시선이 더 광활한 역사와 타자로 확장해가는 순간을 만나게 된다. 서정시가 구현할 수 있는 시간예술로서의 속성을 충실하게 채워가면서도 시인은 인간을 규정해온 역사와 타자라는 외부의 축을 정성스럽게 구성해간다. 이처럼 서정시가 오랫동안 지켜온 존재론적 기율로서 역사와 타자를 재구再構하는 데 심혈을 기울이는 김민성 시인은, 자신을 존재케 해준 동력으로서의 외인外因을 탐구하면서 근원적 사유로 나아가는 것이다. 그것들은 모두 "낡아서 따뜻한 것"(「오래된 것에 대한 사유」)들인데, 가령 다음 시편이 전해주는 그 낡은 시간들의 커다란 스케일과 심원한 상상력을 한번 만나보도록 하자.

　　바위 속 고래들이
　　힘차게 뛰어오른다

　　사내가 어깨에 멘
　　흰 파도 춤을 추고

　　잠겼다
　　치솟는 선사
　　때로 햇볕 흥겹다

바위에 새겨놓은
비밀의 문양들이

다투어 고백하듯
낱낱이 선명하다

암각화
피는 봄 틈새
돌의 생명 부활한다
　　　　　　　—「부활 – 반구대 암각화의 봄」 전문

　'반구대 암각화'는 선사시대 바위에 새겨진 고래 사냥
그림이다. 김민성 시인은 마치 바위 속 고래들이 힘차게
뛰어오르는 듯한 환각을 느끼면서, "사내가 어깨에 멘/
흰 파도"가 춤추는 장면에서 잠겼다 치솟았다 하는 선사
先史를 경험해본다. 햇볕 흥거운 봄날에 "바위에 새겨놓
은/ 비밀의 문양들"이 전해주는 선명한 고백을 들으면서
그것이 "돌의 생명"을 새삼 부활하게 해주는 힘이라고
노래하는 것이다. 이 모든 것이 봄날이 가지는 부활의
속성과 부절符節처럼 들어맞는다. 그리고 이러한 부활의
감각은 "헛헛한 것들이 많아 허기지는 날들"(「헛꽃, 수국」)
일수록 "기도처럼 환한 시간"(「연蓮 그리고 연連」)으로 다가
와 우리에게 "뜨거운 눈빛으로 속속들이 익은 속살"(「사
랑, 비밀」)을 한없이 전해주는 생명 원리로 이어지는 것이

다. 아득한 세월이지만 서로 반갑게 만나는 부활의 순간이 거기에 서려 있다. 다음은 그러한 시선을 가장 구체적인 생활의 타자로 향한 사례이다.

이름자도 못 쓰는 일흔다섯 영동댁
아들네 가는 길은 틀린 적 한번 없다
버스도 우물거리는 신도시 새 길 위도

시계 볼 줄 몰라도 버스 시각 잘도 맞춰
참 신통한 할머니라 추어주는 추임새에
왜 몰라, 반문을 하며 창밖에 눈길 둔다

해가 이만큼 올라오고 나팔꽃잎 모양새며
돌감나무 그림자 길이도 재어보는
그것이 당신의 시계, 한평생 거듭 읽은

영동댁 눈에 드는 흐드러진 살구꽃
햇장 뜰 때 되었다는 말씀인 걸 알아낸다
인생은 위대한 필사, 여섯 감각 새겨 빚은

—「필사」 전문

이번에 시인의 눈길은 "이름자도 못 쓰는 일흔다섯 영동댁"을 향하고 있다. 시계를 볼 줄 모르지만 버스 시각한번 놓친 적 없고 아들네 가는 신도시 길도 잘못 찾은적 없는 할머니의 마음을 시인은 소중하게 담아낸다.

"해가 이만큼 올라오고 나팔꽃잎 모양새며/ 돌감나무 그림자 길이도 재어보는" 것이 한평생 거듭 읽은 "당신의 시계"라고 말을 건네는 것이다. 이때 할머니 눈에 들어오는 살구꽃은 "햇장 뜰 때 되었다는 말씀"으로 몸을 바꾸면서 "인생은 위대한 필사"임을 증언해준다. 이처럼 할머니의 삶을 가능케 한 것은 우주의 흐름과 기운을 '필사筆寫'한 힘이었다. 타자의 자극과 요구에 반응하는 가운데 주체가 형성된다는 관점에서 보면, 영동댁이라는 타자는 이미 시인의 삶 가운데 들어와 있다고 할 수 있다. 그러니 '필사'의 주체는 김민성 시인 자신이기도 할 것이다.

이 모든 것은 "실금 간/ 가슴 어디쯤"(『별리』) 상처가 많이 남아 있지만 "눈감을 수 없는 사랑"(『능소화 지다』)과 함께 "멀리서 찾는 목소리"(『늦가을 호수』)까지 건네는 이들이기 때문에 가능한 것이다. 그들이 보여주는 "세상에서 가장 착한 인사"(『11월』)야말로 우리로 하여금 인생을 살게끔 하는 깊은 연대적 힘일 것이 아닌가 생각된다. 이처럼 김민성 시인은 시조를 통해 현실에서는 불가능한 존재 전환을 꿈꾼다. 그리고 일상을 벗어나 전혀 다른 곳으로의 이동을 꾀한다. 이때 이루어지는 상상적 이동 경험은 근원적 기억의 양상으로 귀환하는 과정을 필연적으로 거치게 된다. 그리고 우리는 서정시가 수행하는 이러한 기억의 원리를 따라 삶의 근원에 대한 상상적 경험을 치러간다. 그 점에서 김민성의 시조는 본원적 그리움을 주조主潮로 하는 회귀의 언어를 통해 우리로 하여금 가장 근원적인 삶의 이치를 두루 경험하게끔 해주는 미학적 실례로 깊이 기억될 것이다. 그리고 우리는 기억 속에 선연하게 살아 있는 역사와 타자로 언어적 확장을 보여준 그의 심미안과 현실 감각이 앞으로 그의 시조 미학을 더욱 탄력적으로 구현해가지 않을까 한껏 기대하게 된다.

6. 자기 기원을 탐색하는 돌올한 정형 미학

두루 알다시피 시조時調는 특유의 생명력을 면면하게 이어오면서 그 인적, 제도적 저변을 꾸준히 넓혀가고 있는 장르이다. 굳건한 양식적 동일성과 커다란 갱신 가능성을 아울러 지닌 시조는 우리의 가장 고유한 시 형식이라고 할 수 있는데, 이는 시조가 우리의 삶과 성정性情을 가장 충실하게 담아낼 수 있는 양식이기 때문일 것이다. 물론 고시조를 거쳐 현대시조로 올수록 현대인의 복합적 사유와 감각을 드러내야 한다는 요구가 늘어난 점은 시조의 존재론을 생각할 때마다 깊이 참작해야 한다. 그러나 시조는 다양한 형식적, 내용적 변화 가능성에 대한 요청에도 불구하고, 여전히 '시조다움'을 지켜가야 한다는 당위와 결별하기 어려운 것이 사실이다. 우리가 읽어온 김민성의 시조는 이러한 변화 가능성과 시조다움을 동시에 탄력적으로 지킨 미학적 사례라고 생각할 수 있을 것이다. 그리고 우리는 그의 언어와 성정이 이러한 속성을 더욱 확장적으로 지켜 가리라고 믿게 된다.

앞으로 우리 시조는 오랜 양식적 본령을 섬세하게 지켜가면서 내용적 다양성을 확보해가는 쪽으로 나아갈 것이다. 아닌 게 아니라 정형의 전통은 오랜 세월을 축적하면서 어떤 보편성을 담아내는 그릇 역할을 담당해왔기 때문이다. 그래서 우리 시대의 범례範例가 되는 시조는 근원적이고 보편적인 인생론의 경향을 띠면서 고전적 감각과 깨달음에 무게중심을 두어갈 것이다. 김민성의 시조는 고전적이고 인생론적인 무게와 질감을 지니는 동시에 현실에 대한 섬세한 감각과 커다란 스케일을 지니고 있는 세계로서 이러한 과제에 응답해갈 것이다. 이처럼 섬세하게 자기 기원origin을 탐색하고 궁구하면서 자신의 실존을 확인해가는 과정을 거치고 있는 김민성의 첫 시조집은 우리 시조시단의 일원으로서 스스로를 훤칠하게 존재 증명할 것이다. 기억의 파동이 구현해내는 자기 귀환의 정형 미학이 돌올하게 빛난 이번 시조집은 그 점에서 시인에게 매우 착실하고 견고한 출발점이 되어줄 것이다. 그리고 우리는 서정시의 근원적 존재 방식을 통해 이러한 과정을 탁월하게 수행한 그의 첫 시조집이 우리 시조시단을 환하게 밝혀주기를, 마음 깊이 희원해보게 된다.

황금알 시인선